Fernando Pessoa
Poemas para crianças

Fernando Pessoa
Poemas para crianças

Seleção, introdução e notas
Alexei Bueno

Ilustrações
Lu Martins

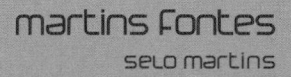

martins fontes
selo martins

© 2007, Martins Editora Livraria Ltda., São Paulo, para a presente edição.

Publisher Evandro Mendonça Martins Fontes
Coordenação editorial Vanessa Faleck
Produção editorial Carolina Cordeiro Lopes
Preparação Eliane de Abreu Santoro
Revisão Regina L. S. Teixeira
Simone Zaccarias
Renata Sangeon

Dados Internacionais de Catalogação na Publicação (CIP)
(Câmara Brasileira do Livro, SP, Brasil)

Pessoa, Fernando, 1888-1935.
  Poemas para crianças / Fernando Pessoa ; seleção e introdução Alexei Bueno ; ilustrações Lu Martins. – São Paulo : Martins, 2007.

  ISBN 978-85-99102-76-3

  1. Poesia – Literatura infantojuvenil I. Bueno, Alexei.
II. Martins, Lu. III. Titulo.

07-2967   CDD-028.5

Índices para catálogo sistemático:
1. Poesia : Literatura infantil   028.5
2. Poesia : Literatura intantojuvenil   028.5

1ª edição 2007 | **7ª reimpressão** março de 2020 | **Fonte** Espuma W3
Papel Couché fosco 115 g/m² | **Impressão e acabamento** Corprint

Todos os direitos desta edição para o Brasil reservados à
Martins Editora Livraria Ltda.
Av. Dr. Arnaldo, 2076
01255-000 São Paulo SP Brasil
Tel.:(11) 3116.0000
info@emartinsfontes.com.br
www.emartinsfontes.com.br

Sumário

Introdução **7**

A fada das crianças **10**

Poema para Lili **12**

Outro poema para Lili **14**

Poema pial **16**

Íbis, ave do Egito **18**

No comboio descendente **21**

Havia um menino **22**

O soba de Bicá **24**

Onda que enrolada tornas **27**

Eros e Psique **28**

O carro de pau **30**

Já não vivi em vão **33**

Liberdade **34**

Nota sobre os poemas **37**

Os autores **38**

INTRODUÇÃO

Fernando Pessoa, como todos sabem, foi o maior poeta de nossa língua, pelo menos desde quatrocentos anos atrás, quando viveu o outro, Luís de Camões. Em apenas 47 anos de vida, Pessoa nos deixou uma obra imensa, em todos os sentidos, talvez porque tenha vivido total e completamente para a poesia e o pensamento, em grande solidão e muita pobreza. Quando tinha sete anos de idade, órfão de pai, e pouco antes de embarcar para a África do Sul, onde seria criado, escreveu os primeiros versos, no dia 26 de julho de 1895 – uma quadra popular, como muitas depois escreveria –, falando de seu país e daquela que era então seu maior amor:

À MINHA QUERIDA MAMÃ

Ó terras de Portugal,
Ó terras onde nasci,
Por muito que goste delas
Inda gosto mais de ti.

Aos dezessete anos, Fernando Pessoa voltaria
à sua cidade, Lisboa, que nunca mais abandonou
e onde criou toda a sua obra inesgotável.
Cerca de metade dos poemas que se reúnem neste
livro foi escrita especialmente para uma criança,
sua sobrinha Manuela. Alguns deles, aliás,
para uma boneca de Manuela chamada Lili,
sendo, portanto, voluntariamente poemas infantis.
São poemas engraçados, jocosos, com jogos de
palavras e muito *nonsense* (a forma inglesa de se
dizer que algo não tem nem pé nem cabeça).
Outros são de admirável lirismo e delicadeza.

Os demais, não tendo sido escritos para crianças,
e às vezes trazendo escondidos, como numa arca
do tesouro, pensamentos muito profundos e de
infinitas ressonâncias, podem ser lidos por toda
criança sensível à beleza do verso e das imagens,
já que as camadas mais fundas em nada
prejudicam nem agem contra, muito pelo contrário,
sua beleza aparentemente mais de superfície.

Fernando Pessoa passou toda a vida sondando o mistério do Universo e o mistério de nele existirmos, e essa busca sem fim se reflete em muitas das suas obras. Uns poucos poemas são tristes, como foi em inúmeras horas o seu autor, mas a tristeza não é privilégio dos adultos, muito menos a sua compreensão.

Para fechar o livro, o organizador que vos fala escolheu um poema muito popular e engraçado, em que o poeta recomenda ao leitor, seja qual for a sua idade, tudo aquilo que justamente não devemos recomendar às crianças. Estas, sem dúvida, perceberão que o poeta faz graça e não seguirão os seus conselhos, mas sorrirão com ele e com todos nós, crianças de todas as idades e de todos os nomes, como aquela que se chamou, e a quem continuamos chamando, Fernando Pessoa.

Alexei Bueno

A FADA DAS CRIANÇAS

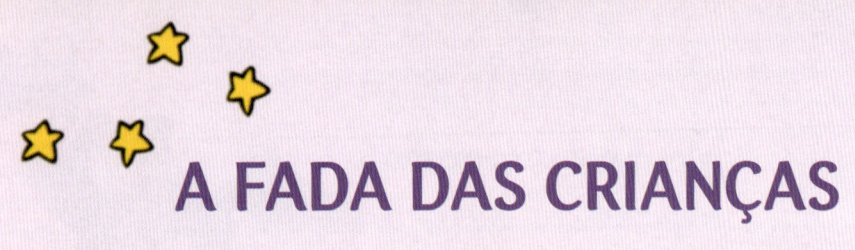

Do seu longínquo reino cor-de-rosa,
Voando pela noite silenciosa,
A fada das crianças vem, luzindo.
Papoulas a coroam, e, cobrindo
Seu corpo todo, a tornam misteriosa.

À criança que dorme chega leve,
E, pondo-lhe na fronte a mão de neve,
Os seus cabelos de ouro acaricia –
E sonhos lindos, como ninguém teve,
A sentir a criança principia.

E todos os brinquedos se transformam
Em coisas vivas, e um cortejo formam:
Cavalos e soldados e bonecas,
Ursos e pretos, que vêm, vão e tornam,
E palhaços que tocam em rabecas...

E há figuras pequenas e engraçadas
Que brincam e dão saltos e passadas...
Mas vem o dia, e, leve e graciosa,
Pé ante pé, volta a melhor das fadas
Ao seu longínquo reino cor-de-rosa.

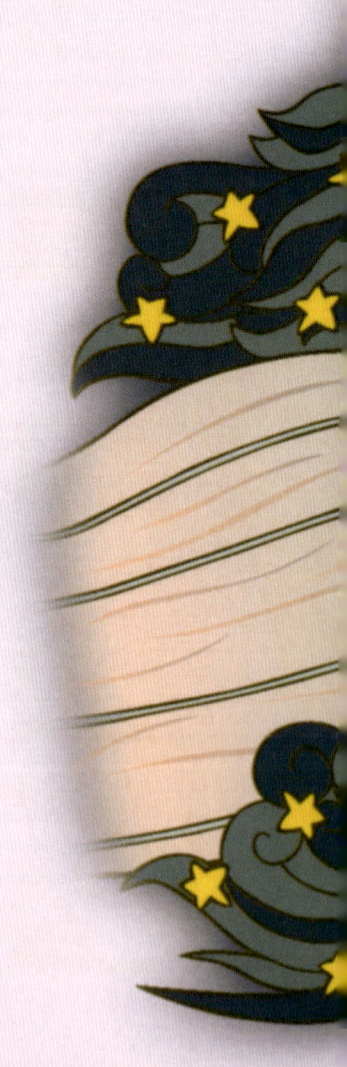

11

POEMA PARA LILI

Pia, pia, pia
    O mocho,
Que pertencia
    A um coxo.
Zangou-se o coxo
    Um dia,
E meteu o mocho
    Na pia, pia, pia.

13

OUTRO POEMA PARA LILI

Levava eu um jarrinho
P'ra ir buscar vinho
Levava um tostão
P'ra comprar pão:
E levava uma fita
Para ir bonita.

Correu atrás
De mim um rapaz:
Foi o jarro p'ra o chão,
Perdi o tostão,
Rasgou-se-me a fita...
Vejam que desdita!

Se eu não levasse um jarrinho,
Nem fosse buscar vinho,
Nem trouxesse uma fita
P'ra ir bonita,
Nem corresse atrás
De mim um rapaz
Para ver o que eu fazia,
Nada disto acontecia.

15

POEMA PIAL

Casa Branca – Barreiro a Moita
(Silêncio ou estação, à escolha do freguês)

Toda a gente que tem as mãos frias
Deve metê-las dentro das pias.

Pia número UM
Para quem mexe as orelhas em jejum.

Pia número DOIS,
Para quem bebe bifes de bois.

Pia número TRÊS,
Para quem espirra só meia vez.

Pia número QUATRO,
Para quem manda as ventas ao teatro.

Pia número CINCO:
Para quem come a chave do trinco.

Pia número SEIS,
Para quem se penteia com bolos-reis.

Pia número SETE,
Para quem canta até que o telhado se derrete.

Pia número OITO,
Para quem parte nozes quando é afoito.

Pia número NOVE,
Para quem se parece com uma couve.

Pia número DEZ,
Para quem cola selos nas unhas dos pés.

E, como as mãos já não estão frias,
Tampa nas pias!

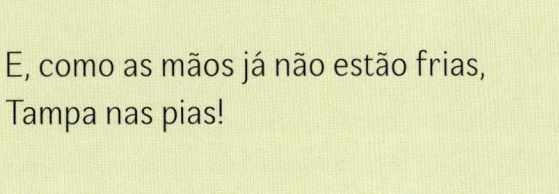

ÍBIS, AVE DO EGITO

O íbis, ave do Egito,
Pousa sempre sobre um pé
    (O que é
    Esquisito).
É uma ave sossegada
Porque assim não anda nada.

Uma cegonha parece
Porque é uma cegonha.
    Sonha
    E esquece –
Propriedade notável
De toda ave aviável.

Quando vejo esta Lisboa,
Digo sempre, Ah, quem me dera
    (E essa era
    Boa)
Ser um íbis esquisito
Ou p'lo menos 'star no Egito.

19

20

NO COMBOIO* DESCENDENTE

No comboio descendente
Vinha tudo à gargalhada.
Uns por verem rir os outros
E os outros sem ser por nada –
No comboio descendente
De Queluz à Cruz Quebrada...

No comboio descendente
Vinham todos à janela,
Uns calados para os outros
E os outros a dar-lhes trela
– No comboio descendente
Da Cruz Quebrada a Palmela...

No comboio descendente
Mas que grande reinação!
Uns dormindo, outros com sono,
E os outros nem sim nem não –
No comboio descendente
De Palmela a Portimão...

* *"Comboio" é o nome que se dá ao trem, em Portugal.*

HAVIA UM MENINO

Havia um menino,
Que tinha um chapéu
Para pôr na cabeça
Por causa do sol.

Em vez de um gatinho
Tinha um caracol.
Tinha o caracol
Dentro de um chapéu;
Fazia-lhe cócegas
No alto da cabeça.

Por isso ele andava
Depressa, depressa
P'ra ver se chegava
A casa e tirava
O tal caracol
Do chapéu, saindo
De lá e caindo
O tal caracol.

Mas era, afinal,
Impossível tal,
Nem fazia mal
Nem vê-lo, nem tê-lo:
Porque o caracol
Era do cabelo.

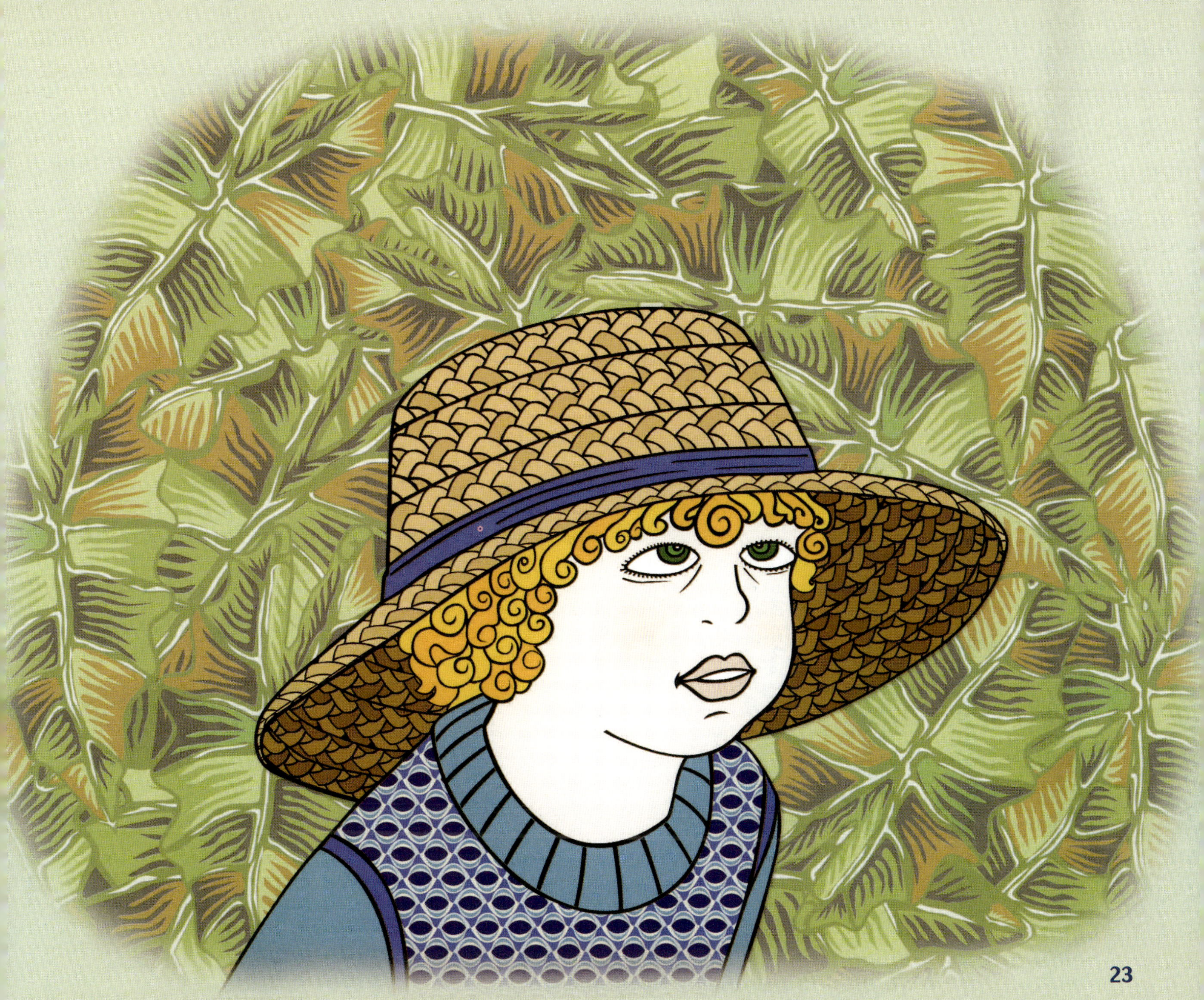

O SOBA* DE BICÁ

O soba de Bicá,
Maravilhoso gajo**,
Um admirável trajo
– Que era feito de pele e coisa nenhuma.

Um dia o soba, coitado,
Sentou-se por descuido em cima de uma brasa.
Em vez de gritar: "Ai as minhas calças, uhhh!..."
Gritou ele, esquecendo o trajo:
"Ai... minha fisionomia contrária".

*"Soba" é o título dos reis de alguns pequenos reinos africanos.
**"Gajo", em Portugal, é como se diz "cara", "sujeito".

25

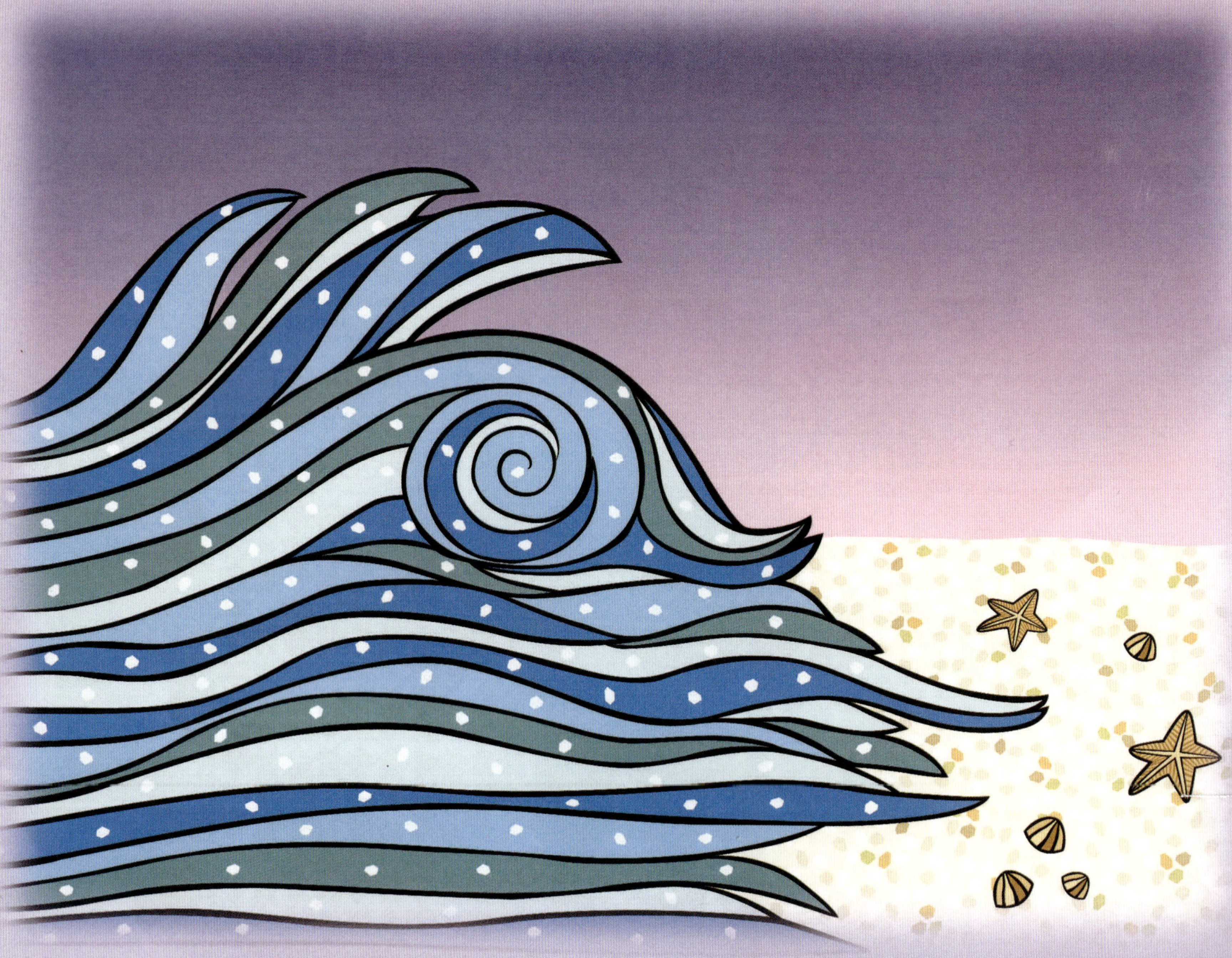

ONDA QUE ENROLADA TORNAS

Onda que, enrolada, tornas,
Pequena, ao mar que te trouxe
E ao recuar te transtornas
Como se o mar nada fosse,

Por que é que levas contigo
Só a tua cessação,
E, ao voltar ao mar antigo,
Não levas meu coração?

Há tanto tempo que o tenho
Que me pesa de o sentir.
Leva-o no som sem tamanho
Com que te oiço fugir!

EROS E PSIQUE

Conta a lenda que dormia
Uma Princesa encantada
A quem só despertaria
Um Infante, que viria
De além do muro da estrada.

Ele tinha que, tentado,
Vencer o mal e o bem,
Antes que, já libertado,
Deixasse o caminho errado
Por o que à Princesa vem.

A Princesa Adormecida,
Se espera, dormindo espera.
Sonha em morte a sua vida,
E orna-lhe a fronte esquecida,
Verde, uma grinalda de hera.

Longe o Infante, esforçado,
Sem saber que intuito tem,
Rompe o caminho fadado.
Ele dela é ignorado.
Ela para ele é ninguém.

Mas cada um cumpre o Destino –
Ela dormindo encantada,
Ele buscando-a sem tino
Pelo processo divino
Que faz existir a estrada.

E, se bem que seja obscuro
Tudo pela estrada fora,
E falso, ele vem seguro,
E, vencendo estrada e muro,
Chega onde em sono ela mora.

E, inda tonto do que houvera,
À cabeça, em maresia,
Ergue a mão, e encontra hera,
E vê que ele mesmo era
A Princesa que dormia.

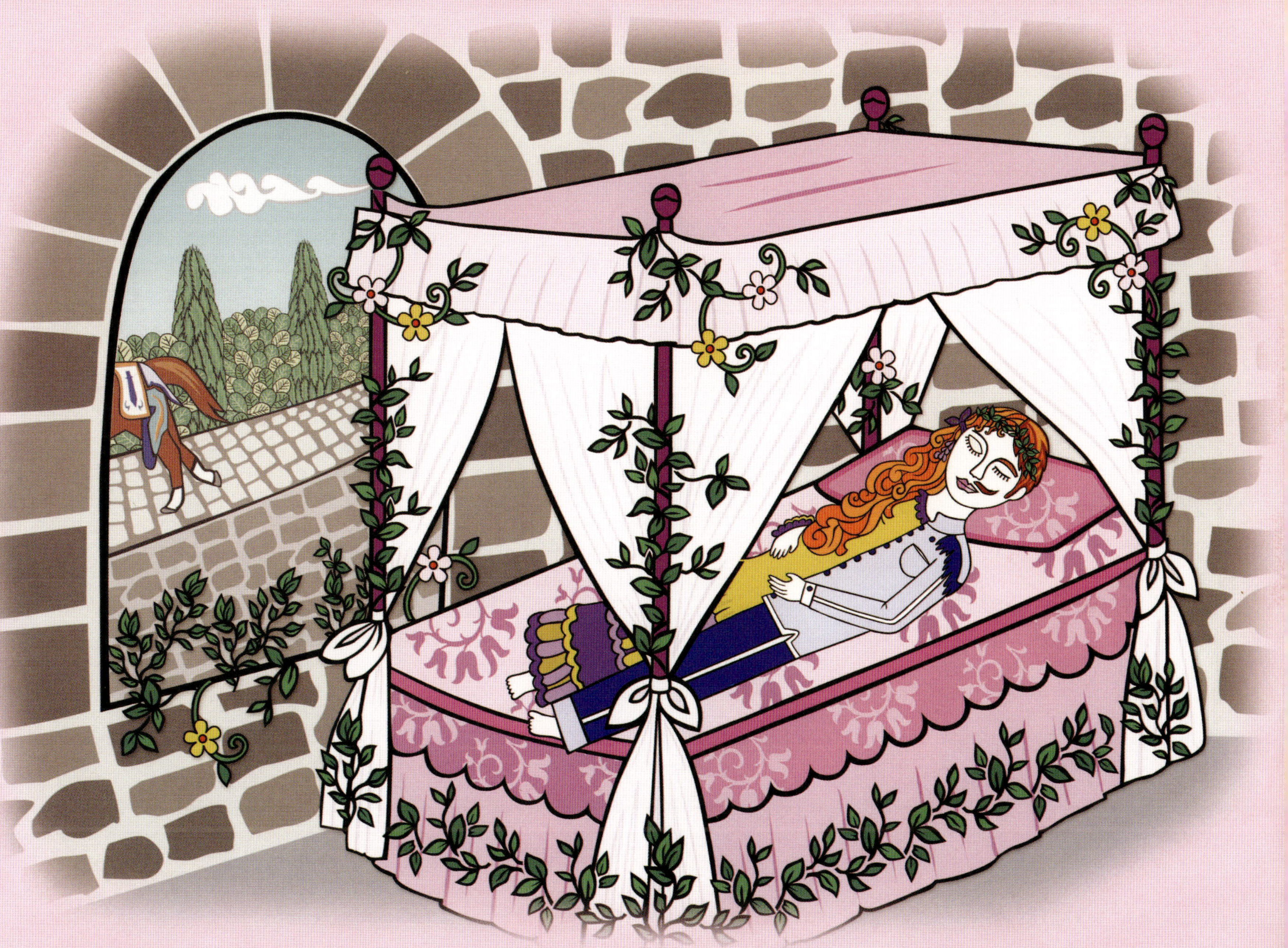

O CARRO DE PAU

O carro de pau
Que bebé* deixou...
Bebé já morreu,
O carro ficou...

O carro de pau
Tombado de lado...
Depois do enterro
Foi ali achado...

Guardaram o carro.
Guardaram bebé.
A vida e os brinquedos
Cada um é o que é.

Está o carro guardado.
Bebé vai esquecendo.
A vida é p'ra quem
Continua vivendo...

E o carro de pau
É um carro que está
Guardado num sótão
Onde nada há...

* Em Portugal se escreve "bebé", e não "bebê", como no Brasil.

31

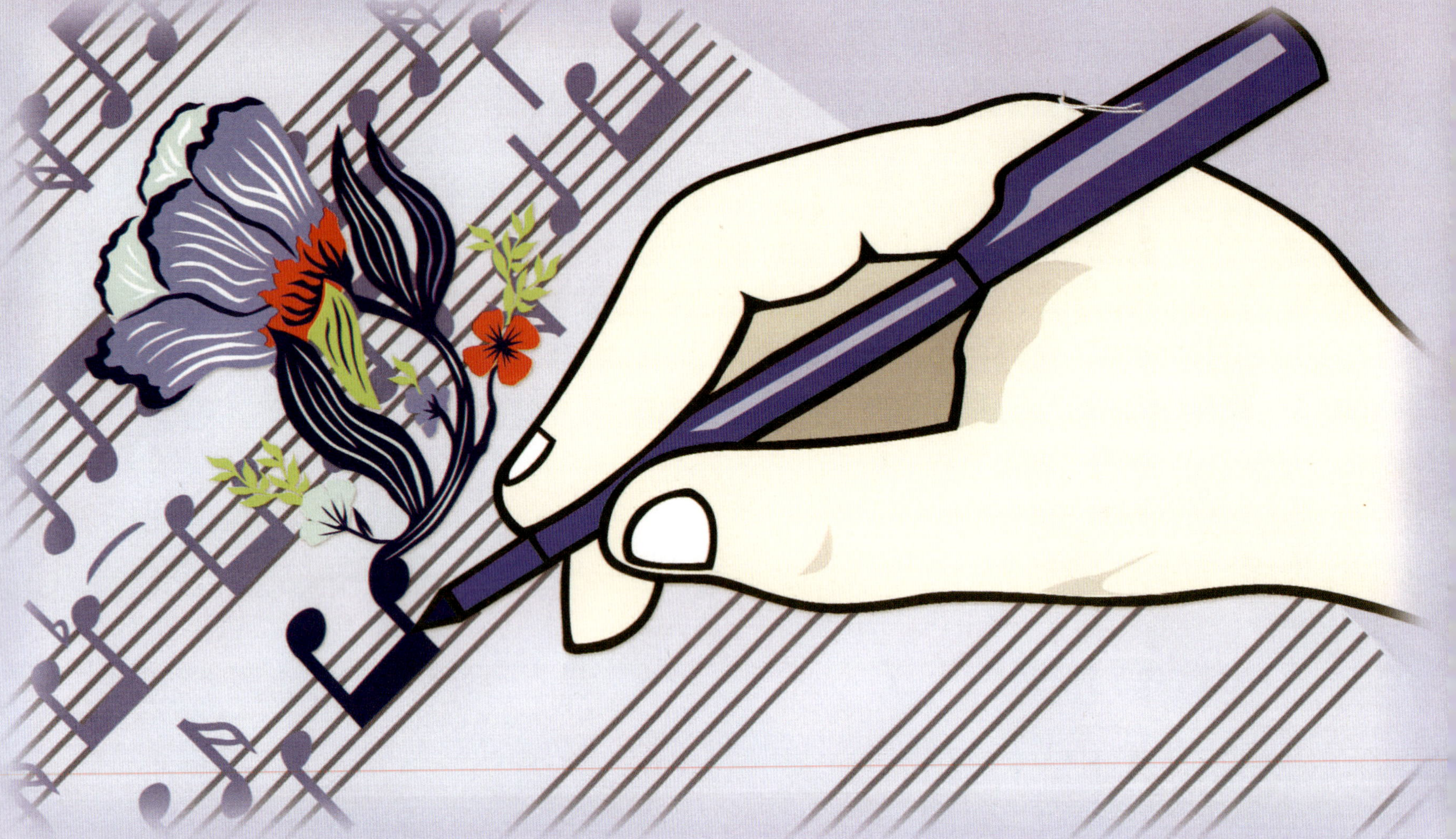

JÁ NÃO VIVI EM VÃO

Já não vivi em vão
Já escrevi bem
Uma canção.

A vida o que tem?
Estender a mão
A alguém?

Nem isso, não.
Só o escrever bem
Uma canção.

LIBERDADE

16 de março de 1935

Ai que prazer
Não cumprir um dever,
Ter um livro para ler
E não o fazer!
Ler é maçada,
Estudar é nada.
O sol doira
Sem literatura.

O rio corre, bem ou mal,
Sem edição original.
E a brisa, essa,
De tão naturalmente matinal,
Como tem tempo não tem pressa...

Livros são papéis pintados com tinta.
Estudar é uma coisa em que está indistinta
A distinção entre nada e coisa nenhuma.

Quanto é melhor, quando há bruma,
Esperar por D. Sebastião*,
Quer venha ou não!

Grande é a poesia, a bondade e as danças.
Mas o melhor do mundo são as crianças,
Flores, música, o luar, e o sol, que peca
Só quando, em vez de criar, seca.

O mais do que isto
É Jesus Cristo,
Que não sabia nada de finanças
Nem consta que tivesse biblioteca...

* D. Sebastião foi um rei de Portugal que desapareceu numa batalha, em 1578, no Marrocos, dando motivo a uma longa espera pela sua volta milagrosa.

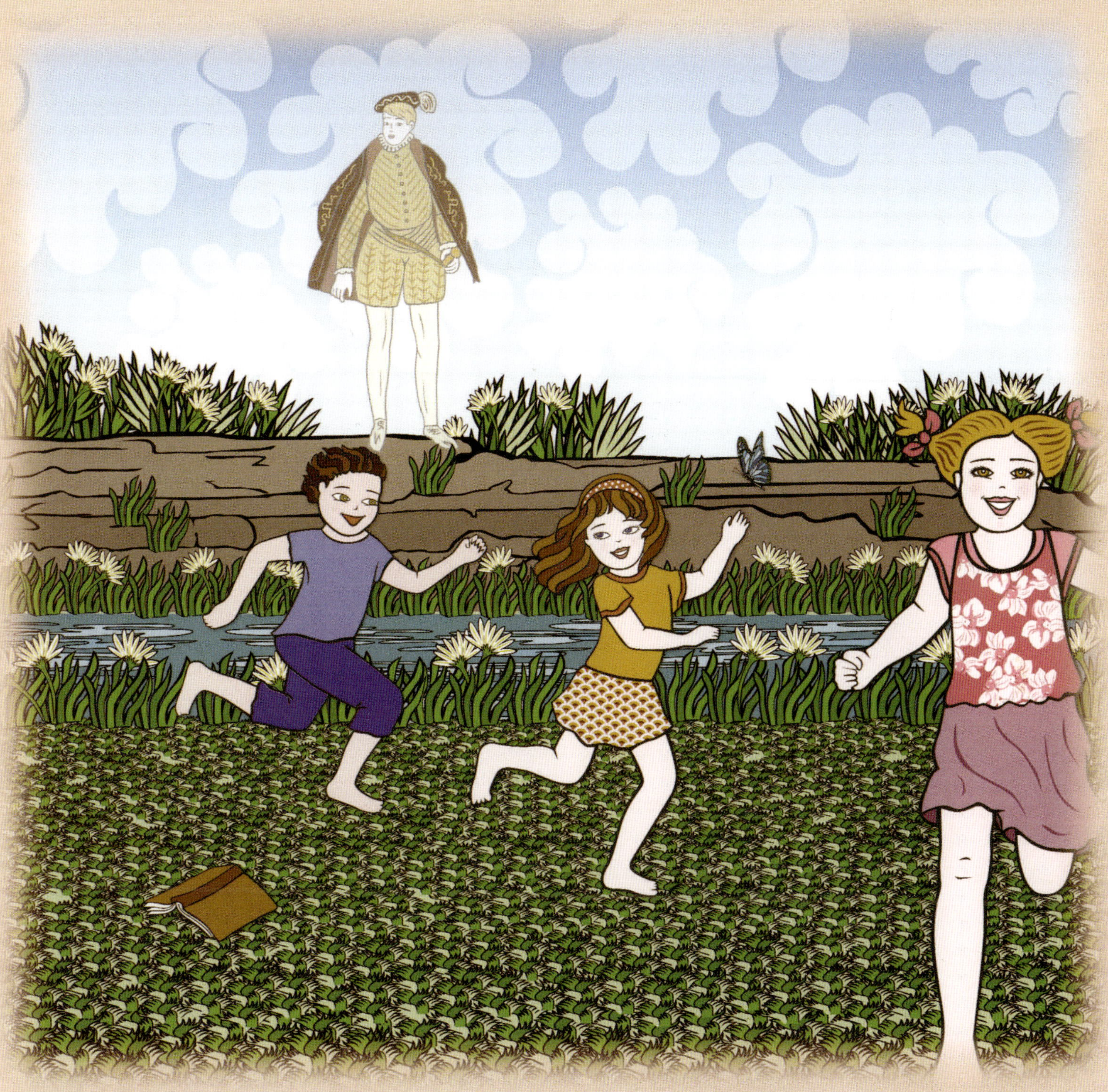

NOTA SOBRE OS POEMAS

Os poemas "A fada das crianças"*, assim como "Já não vivi em vão"*, são oriundos das *Poesias inéditas* (1919-1930). O belíssimo poema esotérico "Eros e Psique", tal como "Onda que enrolada tornas"* e "Liberdade", vêm todos do Cancioneiro, seção central das *Poesias* de Fernando Pessoa. O primeiro e segundo "Poema para Lili", bem como "No comboio descendente"*, todos para a mesma destinatária, a sobrinha do poeta, foram primeiramente publicados em anexo às *Quadras ao gosto popular* e referem-se nominalmente a uma boneca dessa sobrinha. O "Poema pial" foi enviado para sua namorada, Ofélia Queirós, numa das últimas cartas que Pessoa lhe escreveu, em 1929. "Íbis, ave do Egito"* pode ser encontrado, com variantes, em biografias e depoimentos diversos sobre o poeta, que se figurava muitas vezes como a hierática ave. Comumente aparece constando apenas a primeira estrofe, mas sua versão integral se encontra no livro *Fernando Pessoa na intimidade*, de Isabel Murteira França. "O carro de pau", poema trágico sob uma linguagem infantil, foi publicado, pela primeira vez, na revista *Persona*, número 8, do Porto, em maio de 1983. "Havia um menino"* veio a público na revista *Flama*, de Lisboa, de 26 de novembro de 1965 – de acordo com Manuela Nogueira, foi composto para seu irmão, outro sobrinho do poeta. "O soba de Bicá" foi reconstituído de memória pela mesma Manuela Nogueira, em palestra na faculdade de Filosofia da Universidade Católica de Lisboa, de forma aproximativa, donde não podermos confiar de todo na fidedignidade de sua lição textual. Outros pequenos poemas, entre os escritos para Ofélia Queirós e os incluídos nas *Quadras ao gosto popular*, poderiam entrar, sem heresia, no corpo deste livro, mas optamos pela seleção aqui presente.

Estes poemas tiveram seus títulos atribuídos pelo organizador.

OS AUTORES

FERNANDO PESSOA passou a infância até a adolescência fora do país onde nasceu. Quando regressou, nunca mais abandonou sua terra e aí escreveu toda a sua obra. Ele, que vivia sozinho, além de escrever os poemas deste livro, escreveu muitos mais e criou uns amigos imaginários – como muitas crianças gostam de fazer – para povoar sua solidão. Os mais conhecidos são Alberto Caeiro, Álvaro de Campos e Ricardo Reis. E vivem até hoje, cada vez que lemos um poema deles.

ALEXEI BUENO nasceu no Rio de Janeiro em 1963. Extasiado com os poemas do *Tesouro da juventude*, escreveu seus primeiros canhestros versos aos dez anos, uma quadrinha sobre a explosão do vulcão Cracatoa, cuja descrição num livro muito o impressionara. Depois desse estranho começo, passou a versejar regularmente a partir dos doze anos de idade, o que selou seu destino nessa profissão que não o é, e destruiu todas as suas promissoras possibilidades biográficas de fartura e estabilidade. De lá para cá publicou onze livros de poemas, muitos outros sobre outras coisas, ganhou alguns importantes prêmios e organizou este livrinho sobre um dos poetas que mais venera no mundo, Fernando Pessoa.

LU MARTINS é uma designer carioca que começou a desenhar bonequinhas nos cadernos da escola e nunca mais parou. Desde então, seus desenhos têm sido estampados em livros, tecidos, objetos de porcelana e peças publicitárias. Adora música dos anos 80, gosta de correr, de icamiabas e da Mata Atlântica. Mas seus vícios mais preocupantes são o trabalho e o chocolate. Estudou na Faculdade da Cidade e frequentou a Escola de Artes Visuais do Parque Lage. Já expôs no Museu de Belas Artes e no Centro Cultural Correios. Recebeu o Prêmio Colunistas Promoção por trabalhos realizados para a agência Utópos. Não se importa com críticos, pois tem um filho, Breno, de onze anos, que é o mais implacável juiz das suas obras.

Fernando Pessoa